par

JACQUES DUQUENNOY

Youpi !
C'est les vacances !

école

Vite, vite !

Aaah... enfin
se laisser bercer ...

écouter le clapotis
de l'eau...

Flic
Floc

se dorer au soleil ...

se rafraîchir à l'ombre...

respirer la mer...

faire couler le sable
entre les doigts ...

regarder
les petits tourbillons de sable
dans le vent...

attendre
le coucher du soleil ...

Aaaah...
C'est trop bon,
les vacances !

Maintenant, Camille
est en pleine forme
pour retourner
à l'école !